ÉPITRE

A

CONTRAFATTO.

EVERAT, Imprimeur, rue du Cadran, N° 16.

ÉPITRE

A

CONTRAFATTO.

Paris,

CHEZ TOUS LES MARCHANDS DE NOUVEAUTÉS.

1827.

ÉPITRE

A

CONTRAFATTO.

A toi qui dois rejoindre au séjour immortel,

Saint-Alexandre six, Saint-Girard, Saint-Châtel,

Qui fais voir aujourd'hui, prisonnier dans Bicêtre,

Aux forçats étonnés tout ce que peut un prêtre,

C'est à toi que j'écris : mais quel style employer?

Sous le joug de la rime apprendrai-je à ployer?

Contrafatto le veut : son sacré caractère,

L'épouse de Jésus, dont il est mandataire,

Tout m'en fait un devoir; ce ministre des cieux

M'enjoint de lui parler le langage des dieux :
J'obéis à l'instant, et je brave la rage
De tous les mécréans dont la fureur l'outrage.

Mais quelle voix me crie : Insensé, que fais-tu ?
Réserve ta pitié pour la seule vertu :
Le mortel que tu plains mérite son supplice !
— Qui te l'a dit, profane ? es-tu donc son complice ?
Son attentat fut-il au grand jour exposé ?
Tes oreilles, tes yeux en ont-ils déposé ?
Leur témoignage même est encor récusable :
Qu'un bon prêtre commette un meurtre abominable !
Je le nie : et pourtant sa fureur, son poignard,
Sa victime expirante, ont frappé mon regard ;
Du prêtre je connais la magique puissance,
Peut-être d'un forfait n'est-ce que l'apparence ?
Alors plein de respect, loin de le condamner,
Je l'admire ; et voilà comme il faut raisonner.
Ainsi Contrafatto, dédaignant qu'on le plaigne,
Prétend qu'on le révère, et surtout qu'on le craigne ;
Car il est toujours prêtre, et ce titre élevé,

Par nul effort humain ne peut être enlevé.

A ce titre plus grand que celui de monarque,

Ni le fer, ni le feu n'imprimeront la marque;

Avec ce titre enfin, en tout temps, en tout lieu,

Contrafatto se met en contact avec Dieu.

De là son noble orgueil, sa brillante auréole.

Il a, me dites-vous, besoin qu'on le console!

Des consolations lui seul tient le trésor;

Sous sa main le plomb vil peut se changer en or.

Dis-nous, Contrafatto, dis comment tes journées

S'écoulent en prison paisibles, fortunées.

Muni des pleins pouvoirs du pontife romain,

Quelques mots de ta bouche, un signe de la main

Attachent des vertus à divers scapulaires ',

Médailles, crucifix, chapelets et rosaires,

Pour combattre l'enfer et l'impudicité

De l'infâme démon de la lubricité,

Alors que, violant les lois de la nature,

Il cherche à dévorer, rugissant de luxure,

Mu par ses appétits effrénés et gloutons,

Nos filles, tendres fleurs dès leurs premiers boutons.

Raconte-nous encor tous tes saints exercices,

Tes coups de discipline, objets de tes délices,

Tes longs *Miserere*, tes grands *Magnificat*,

Qui t'ont valu de Rome un bon certificat *,

Du pape apostillé, prouvant à tout fidèle,

Que la gloire de Dieu doit beaucoup à ton zèle.

Saint homme, continue à nous édifier;

Tu te tais : ah! tu crains de te glorifier!

Aux éloges mondains vainement te dérobe

Une pudeur modeste, attribut de ta robe.

Je vais parler pour toi : je te vois à genoux,

Dans une conférence imitant Frayssinous,

Provoquer le démon, et malgré sa malice,

L'étonner, l'effrayer, le traiter en novice.

A peine incarcéré, ton adresse enrôla,

Sous les pieux drapeaux du grand saint Loyola,

Des joueurs de poignard, des scélérats insignes ;

De cet excès d'honneur ils se croyaient indignes.

Nous sommes, disaient-ils, un tant soit peu vauriens,

Joueurs de gobelets, et des ex-galériens.

Tu les traitas en frère, et prouvas tout de suite

Qu'un forçat est du bois dont on fait un Jésuite.

Conservant dans les fers le droit de délier,

Tu confesses, absous tes gardiens, ton geolier;

Tu leur ouvres le ciel. Grâce à toi, l'onde sainte

De ta sombre prison lave l'impure enceinte.

A ta voix, l'Éternel, le père des humains,

Descend de l'Empyrée en tes bénignes mains;

Le mystère à l'instant s'accomplit, et tu manges,

Tranquille et satisfait, le pain sacré des anges.

Ainsi, dans des loisirs pleins de l'éternité,

S'écoulent les instans de ta captivité.

Pour la cha_ mer encor, vint te rendre visite,

Député par Mont-Rouge, un célèbre Lévite,

Un père de l'église, un écrivain docteur,

De l'*ultramontanisme* ardent propagateur,

Auteur d'un gros factum saintement frénétique

Contre l'indifférent et contre l'hérétique,

Casuiste en crédit près de mainte Ninon,

La Mennais, puisqu'il faut l'appeler par son nom !!!

Lui qui, préconisant la loi du sacrilége,

Y voyait du clergé le plus beau privilége ;

Cette pieuse loi devenait, selon lui,

Pour l'autel et le trône un salutaire appui.

Mais bientôt furieux, il consacra sa plume

A verser sur la loi la plus sainte amertume ;

Il la répudiait amendée en un point :

C'est qu'en tranchant la tête elle épargnait le poing[3].

A la postérité que ne puis-je traduire

Ce qu'à Contrafatto La Mennais a pu dire !

Mais je dois l'avouer, il n'a transpiré rien

De cet édifiant et sublime entretien ;

En se disant adieu, des larmes sympathiques

Gonflaient, assure-t-on, leurs paupières mystiques.

Un peu déconcerté, mais sans être abattu,

Le prêtre Sicilien reste avec sa vertu.

Dieu ! quelle solitude horrible, épouvantable !

Mais le front du captif demeure inaltérable.

Et tandis que l'orgueil et l'incrédulité,

Et la philosophie, ivres d'impiété,

Ameutent contre toi la vile multitude,

Ton cœur, Contrafatto, plein de béatitude,

D'un Dieu, souverain juge, adorant la grandeur,

A tous tes ennemis pardonne avec candeur [4].

A l'appel d'un prélat, tes accens séraphiques

Se sont mêlés naguère aux prières publiques

Qui demandaient au Ciel de dévots députés.

Si tes vœux en partie ont été rejetés,

C'est que, favorisant la horde libérale,

Le diable était entré dans l'urne électorale [5].

Si l'on perd toutefois Peyronnet et Dudon,

Emportant la clôture en cosaques du Don,

Aux fils de Loyola nous sommes redevables

De retrouver encor des hommes *introuvables ;*

Conquérans de lutrins, guerriers de l'oraison,

Qui toujours à la foi soumettent la raison;

Qui jamais pour l'église à voter ne balancent;

Des hommes bien pensans, si par miracle ils pensent,

Des Laboëssière, enfin, dont les nobles cerveaux

Semblent offrir aux yeux un de ces écriteaux,

Portant que la maison et vide et solitaire,

Depuis qu'elle est bâtie, attend un locataire,

Avec ces orateurs rien n'est désespéré ;
Tes vœux, Contrafatto, n'ont point mal opéré.

Révérend, continue à prier pour Villèle :
Ce grand homme qui sut te couvrir de son aile,
De toi, de tes pareils sollicite l'appui ;
Ultras et libéraux s'embrassent aujourd'hui,
Pour le mieux étouffer, comme un autre Decaze.
Ainsi, sur le sommet de l'aride Caucase,
Un grand pin, protecteur des vautours, des corbeaux,
Voit ligués contre lui les élémens rivaux ;
Sur sa tige, la trombe en noirs torrens bouillonne ;
L'aquilon furieux à ses pieds tourbillonne ;
De ses flèches de feu la foudre le combat :
Mais lui que rien n'émeut, mais lui que rien n'abat,
Surmonte le nuage, et, balançant sa tête,
Semble braver le ciel et narguer la tempête.

Ah ! qu'il triomphe ainsi le ministre gascon,
Qui nous a préparé des lois à la Dracon,
Contre l'intelligence et contre la pensée !

Pour ne la point finir, l'œuvre est trop avancée.

Je vais, Contrafatto, te dérouler ses plans :

Il bâillonne d'abord les auteurs turbulens ;

Par lui la presse enfin doit être anéantie ;

Par lui l'état civil entre en la sacristie :

Alors sont relevés ces sacrés tribunaux

Où Rome intolérante avait des arsenaux ;

Contrafatto, c'est là que, trouvant un refuge,

On te verra siéger, et juger qui te juge.

Les Jésuites alors sous leur nom salués,

Béniront jusqu'à ceux qui les avaient hués,

Tant ces pères sont doux, humbles et charitables !

Pour atteindre ce but, vois-les, infatigables,

Appauvrir des humains la bourse et les esprits,

Et leur faire oublier tout ce qu'ils ont appris ;

Vois du nord au midi leur puissance magique :

Leur concordat, brûlot lancé sur la Belgique[6] ;

Les chefs-d'œuvre des arts en France mutilés ;

Sur les fronts des Vaudois les poignards rappelés ;

Vois-les, de la science étouffant la lumière,

Ajouter leurs filets aux filets de Saint Pierre,

Pour en couvrir le monde avec art maîtrisé,
Monde trop raisonneur et trop civilisé!
Encore quelques pas : plus de Charte incommode
L'assemblée élective est changée en synode ;
La chambre héréditaire en concile d'État,
Dont sera président un superbe légat.
Le saint père, étouffant des discordes fatales ,
Gouvernera la France avec ses décrétales ;
Pour la sanctifier il en expulsera
L'industrie et les arts , Molière , l'Opéra ,
Et Voltaire surtout, de la raison l'oracle.
Comme au peuple imbécile il faut quelque spectacl
Dont son zèle pieux puisse être réchauffé,
On le divertira par des auto-da-fé.
Faut-il peindre d'un trait notre vaste espérance ?
L'Espagne tout entière entrera dans la France!
Voilà , Contrafatto , ce qui nous est promis
Si Villèle est vainqueur de tous ses ennemis ,
Ces ennemis sans foi, ces jacobins dans l'ame ,
Sont ceux dont la fureur chaque jour te réclame
Pour te voir figurer au funeste poteau :

Si l'on t'y conduisait, alors, Contrafatto,
Montre au peuple assemblé tout ce que tu peux faire :
Du profane bourreau que le bras téméraire,
Tout prêt à te flétrir, s'en trouvant empêché,
Reste sans mouvement par la mort desséché.
Contrafatto, chacun admirant ta constance,
Dira que ce miracle est bien de circonstance !
A l'instant par la foule en l'église emporté,
Tu t'y verrais loué, psalmodié, fêté,
Le beau sexe à tes pieds soumettrait ses suppliques;
Et Rome quelque jour vendrait cher tes reliques.

NOTES.

[1] Parmi les pieces du proces de sa révérence Contrafatto, se trouvent des especes de petites bulles pontificales qui l'autorisent a attacher certaines vertus à des médailles, chapelets et diverses autres amulettes ultramontaines, en les bénissant d'une certaine façon.

[2] Le certificat donné par le pape Léon XII atteste que le prêtre Contrafatto s'est toujours distingué par son zele apostolique, par son assiduité et ses vertus sacerdotales. *Se distinxit zelo, pietate et assiduitate.* Ces mots sont écrits de la main du pape. C'est sans doute la vue de ce certificat qui fit fermer les yeux au premier juge Frayssinous, et lui fit négliger toutes les formalités de l'instruction pour rendre la liberté au prévenu

[3] Il faut lire la brochure de M. l'abbé de La Mennais, sur la loi du sacrilége, pour comprendre à quelle férocité peut se porter l'intolérance ultramontaine, c'est un monument digne du siècle de Grégoire VII.

[4] L'abbé Contrafatto a déclaré en présence de ses juges qu'*il pardonnait à tous ses ennemis*, c'est une des paroles les plus catholiques qu'il ait prononcées.

[5] « C'est le diable qui parle par la bouche de cette enfant, » s'est écrié le prêtre Contrafatto frappé de la déposition de la petite Lebon.

[6] La Belgique vient de conclure avec Rome un concordat semblable à celui de Léon X et de François Ier; par ce concordat, le pape empiete tellement sur l'autorité de Guillaume Ier, qu'il est à craindre que cet excellent prince ne devienne souverain de la Belgique que de nom, tandis que l'archevêque de Malines, prince de Méan, en serait le souverain de fait.